VENTE

Des Mercredi 4, Jeudi 5 et Vendredi 6 Février 1891

HOTEL DROUOT, SALLE N° 8

A DEUX HEURES UN QUART

MAGNIFIQUES TAPISSERIES

Des Gobelins, d'Aubusson et de Bruxelles

TRÈS BEAU MOBILIER

ANCIEN ET DE STYLE

OBJETS D'ART — TABLEAUX

Argenterie

Mᵉ G. DUCHESNE
COMMISSAIRE-PRISEUR
6, rue de Hanovre, 6

M. A. BLOCHE
EXPERT PRÈS LA COUR D'APPEL
25, rue de Châteaudun, 25.

EXPOSITION PUBLIQUE

LE MARDI 3 FÉVRIER 1891

De 2 heures à 6 heures.

HOMO
ADDITVS
NATVRÆ
IMPRIMERIE DE L'ART

CATALOGUE

DE

MAGNIFIQUES TAPISSERIES

DES GOBELINS AUX ARMES DE FRANCE

Tapisseries d'Aubusson et de Bruxelles, de la Renaissance et du XVIIIe siècle

TRES BEAU MOBILIER

ANCIEN ET DE STYLE

Important Salon de Grohé, Meubles d'Henry Dasson
Autres Salons d'époque, Sièges Louis XV et Louis XVI
Cabinet de travail, Salle à manger, Chambres à coucher, Tentures, Étoffes

OBJETS D'ART

Marbres de Faure de Broussé et de Levasseur
Bronzes d'art et d'ameublement

BELLE ARGENTERIE ARTISTIQUE

Porcelaines, Faïences, Objets de curiosité

TABLEAUX ANCIENS

DONT LA VENTE AURA LIEU, EN PARTIE

Pour cause de départ de M. de G...

HOTEL DROUOT, SALLE N° 8

Les Mercredi 4, Jeudi 5 et Vendredi 6 Février 1891

A DEUX HEURES UN QUART

Me G. DUCHESNE	**M. A. BLOCHE**
COMMISSAIRE-PRISEUR	EXPERT
Successeur de Me ESCRIBE	Près la Cour d'appel
6, rue de Hanovre, 6	25, rue de Châteaudun, 25

Chez lesquels se trouve le présent Catalogue

EXPOSITION PUBLIQUE

Le Mardi 3 Février 1891, de deux heures à six heures

CONDITIONS DE LA VENTE

Elle sera faite *expressément* au comptant.

Les Acquéreurs payeront CINQ POUR CENT en sus des adjudications, applicables aux frais de la vente.

L'Exposition mettant les acquéreurs à même de se rendre compte de l'état et de la nature des objets, il ne sera admis aucune réclamation une fois l'adjudication prononcée.

Paris. — Imp. de l'Art. E. Ménard et Cie, 41, rue de la Victoire.

DÉSIGNATION DES OBJETS

TAPISSERIES

1-2 — Deux très belles tapisseries de la manufacture des Gobelins d'époque Louis XIV. Sur un fond semé de fleurs de lis, se détachent deux femmes ailées tenant chacune d'une main, l'une le sceptre royal, l'autre la main de justice ; elles soulèvent une tenture fleurdelisée, bordée et doublée d'hermine, et découvrent les armes royales de France entourées du collier du Saint-Esprit et placées sous un dais.

La bordure offre dans le bas deux sceptres croisés reposant sur une console semée de fleurs de lis placée entre deux motifs représentant des cariatides d'amours tenant entre les mains les attributs de la royauté et de la justice ; de chaque côté, des médaillons à coquilles ornés de deux L entrelacées, et dans le haut une figure de soleil entourée d'une devise.

3 — Grande et belle tapisserie représentant le mariage d'Esther. Esther et Assuérus sont représentés se donnant la main en signe d'union : derrière eux, un prêtre ; ils sont entourés de guerriers et de dames de la suite d'Esther.

Belle bordure à fleurs, fruits et feuillages avec petits personnages.

4 — Jolie tapisserie de la Renaissance représentant l'édification de la tour de Babel.

Très belle bordure à enroulements de feuillages, de fleurs et de fruits, ornée aux quatre angles de mascarons d'hommes et de femmes.

5 — Suite de quatre tapisseries à sujets bibliques représentant :

La première : la Reine de Saba devant Salomon.

La deuxième : Salomon bénissant son peuple.

La troisième : le Jugement de Salomon.

La quatrième : la Construction d'un temple.

Elles sont entourées de bordures offrant sur les côtés des vases et des cariatides supportant des corbeilles de fruits et tenant des guirlandes de fleurs.

Le haut et le bas sont ornés de cartouches placés au milieu de guirlandes de fruits dans lesquelles se jouent des animaux et des oiseaux.

6 — Fragment de tapisserie analogue aux précédentes.

7 — Tapisserie d'Aubusson représentant un villageois offrant à un seigneur assis auprès d'une fontaine les prémices de sa vendange.

Bordure à fleurs et rinceaux, ornée dans le haut d'un écusson armorié.

8 — Tapisserie d'Aubusson représentant dans un paysage un villageois et une villageoise dansant aux sons de la cornemuse.

Bordure à fleurs et rinceaux, ornée dans le haut d'une armoirie.

9 — Tapisserie dite verdure avec volatiles et vue de château en perspective.

Bordure à fleurs et fruits.

10 — Deux portières en tapisserie verdure avec bordures à fleurs sur trois côtés.

11 — Cantonnière en ancienne tapisserie garnie de franges.

12 — Cheminée en velours vert, avec bandeau en tapisseries au point, à trois médaillons figures et animaux. Style Henri II.

MOBILIER, OBJETS D'ART

TENTURES

13 — Très beau meuble de salon, composé d'un grand canapé, quatre fauteuils et quatre chaises, en bois finement sculpté et doré, dessin feuilles d'acanthe et rais de cœur, bras à volutes, bandeau à feuilles de laurier, pieds cannelés, couvert en brocart de soie fond blanc argent à bouquets de fleurs et branchages, style Louis XVI, grand modèle, première période. A été exécuté par la maison Grohé.

14 — Très joli buste en marbre blanc de jeune femme drapée et coiffée, dans le style Louis XV.

15 — Charmant petit groupe en marbre blanc connu sous le titre : Enfants à la chèvre, monté en bronze doré.

16 — Grande et belle paire de vases en marbre rose avec riche monture en bronze doré, à mascarons têtes de béliers.

17 — Grande pendule Louis XIV avec socle de Boule fond écaille, marqueterie de cuivre et bronze doré.

18 — Deux gaines en poirier noirci, ornées de bronzes dorés, de style Louis XIV.

19 — Joli bureau de dame à cylindre, époque Louis XVI, en acajou orné de bronzes dorés.

20 — Deux chaises marquise, époque Louis XV, en bois sculpté, à fleurs et ornements, recouvertes en riche soierie de l'époque.

21 — Grand fauteuil Louis XV, en bois naturel finement sculpté, recouvert en soie de l'époque.

22 — Écran Louis XVI en bois sculpté et doré, garni de tapisserie de la Savonnerie, représentant des oiseaux et volatiles.

23 — Jardinière en bois sculpté et doré, à guirlandes.

24 — Petite table Louis XV en bois de violette avec tablette en marbre.

25 — Petit cabinet du XVIe siècle, à tiroirs, garni de bronze doré et argenté.

26 — Deux oiseaux en Saxe avec monture rocaille en bronze doré.

27 — Petite table Louis XVI forme rognon, en acajou et ornée de bronze doré.

28 — Deux tabourets époque Louis XV, en bois sculpté et doré, couvert en soie fond bleu à fleurs.

29 — Pendule d'applique sur socle en marqueterie fond de cuivre, ornements en bronze ciselé et fronton surmonté d'une statuette allégorique. Époque Louis XV.

30 — Très belle aiguière avec plateau en argent repoussé et ciselé, d'un travail remarquable, de style Renaissance.

L'aiguière offre au pourtour de la panse des scènes mythologiques, allégories au royaume des mers, les figures de Vénus, Amphitrite, Zéphyr, amours, chevaux marins, dauphins, etc. Le col est orné d'un dragon ailé; l'anse est formée d'un autre dragon renversé à la gueule béante. Autour du culot à godrons se détachent des mascarons. Le pied est orné de dauphins.

Le plateau présente sur l'ombilic une tête enveloppée de lauriers et de coquilles, autour se dessinent en bas-relief les dieux et déesses ; le marli à godrons et le bord à arabesques et mascarons.

31 — Grand vidrecome en argent finement gravé et niellé, partie doré, offrant des scènes allégoriques à nombreux personnages ; sur le couvercle et autour : des arabesques de feuillages. Travail russe du XVIIe siècle.

32 — Coffret à bijoux en argent ciselé et doré, rehaussé d'entrelacs en émail bleu ; couvercle surmonté d'un groupe de quatre figures. Style Renaissance.

33 — Gobelet en argent doré et filigrane. Époque Louis XV.

34 — Petit coffret en argent repoussé, offrant des scènes de chasses avec personnages en costumes du Moyen-Age. Travail de style Louis XIV.

35 — Trépied en argent ciselé et doré, à cariatides de bélier. Époque Empire.

36 — Coupe en vermeil émaillé, fond gros bleu, dessin à feuillages d'or et fleurettes, rubis et opalines.

37 — Fourreau de yatagan en argent repoussé, dessin à ornements. Travail ancien oriental.

38 — Pendule en bronze doré, forme monument enguirlandé de lauriers et de chute, avec figurines d'enfants allégories à la peinture et à la sculpture, surmonté d'un médaillon à l'effigie d'Henri IV; sur socle en marbre blanc orné de bronze doré. Cadran signé Déribaucourt. Époque Louis XVI.

39 — Paire de flambeaux en bronze doré; décor à guirlandes de raisin, feuilles d'acanthe et cannelures. Époque Louis XVI.

40 — Paire de candélabres formés de vases en vieux Chine, famille rose, décor paysages et oiseaux; monture en bronze doré avec bouquets de fleurs à quatre lumières.

41 — Paire de cornets en vieux Chine, famille rose, même décor et même monture.

42 — Deux belles décorations de croisées en brocatelle de soie, fond rose, dessin à bouquets de fleurs, festons et nœuds de rubans brochés en gri-

saille et en satin rouge avec draperies combinés se relevant à l'italienne, garnies de franges et de passementeries assorties accompagnées d'embrasses.

43 — Meuble de salon en bois sculpté et doré, couvert en brocatelle de soie rose, dessin broché à fleurs, festons et nœuds de rubans en grisaille, composé d'un canapé, quatre fauteuils et deux chaises. Époque Louis XVI.

44 — Charmant petit bureau *bonheur-du-jour* en marqueterie de bois de luxe, garni de bronzes ciselés et dorés. Style Louis XVI, travail d'Henry Dasson.

45 — Cabinet en laque de Chine, fond noir, décor à rehauts d'or : paysages et figures, avec charnières en cuivre gravé et doré, sur support en bois noir sculpté, dans le goût chinois.

46 — Paravent à quatre feuilles en velours polychrome, avec applications de satin et de soie jaune, grands dessins Renaissance ; encadré de chenillé.

47 — Petit paravent à trois feuilles en brocart d'argent, dessin à gerbes de fleurs et feuillages en

polychrome sur fond bleu clair Louis XIV, encadré de peluche vieux rose, bordé de chenillé assorti.

48 — Paravent à quatre feuilles en brocart maïs broché, à fleurs et feuillages Louis XV, encadré de chenillé.

49 — Paravent à trois feuilles en bois sculpté et laqué, à rehauts d'or, garni d'un côté de dauphine, broché et rayé, à guirlandes de fleurs avec glaces biseautées, au-dessus et au revers, gainé de satin vert réséda plissé. Style Louis XV.

50 — Belle chaise longue en deux parties, formant bergère et tabouret, de style Louis XV, en noyer sculpté à rocailles et fleurs rehaussé d'or, couverte en soierie ancienne fond bleu clair, brochée à fleurs.

51 — Petit coin-de-feu forme Du Barry, dossier à trois compartiments, bois sculpté et laqué, à rehauts d'or, dessin rocailles, couvert en soierie fond crème broché à fleurs.

52 — Petit fauteuil surbaissé dit éperon, en bois sculpté et doré, couvert et gainé en soierie rayée et brochée. Style Louis XVI.

53 — Divan d'angle couvert en satin broché fond vert, dessin à fleurs et jonques chinoises, garni de franges et passementeries assorties.

54 — Casier à livres, forme X, en bois sculpté, avec draperies en peluche verte. Style Louis XIII.

55 — Guéridon premier Empire, en marqueterie de bois garni de cuivres.

56 — Petite table bambou, dessus gravé à fleurs et feuillages.

57 — Guéridon bois sculpté et doré, dessus en mosaïque à fleurs. Style Louis XVI.

58 — Petite desserte en bambou et paille de couleur.

59 — Chaise longue formant tabouret et fauteuil en soie brochée, avec rampe en satin rose, garni de franges assorties.

60 — Grand fauteuil en noyer, recouvert en ancienne tapisserie au point. Époque Louis XIII.

61 — Petit fauteuil dit dauphin, en bois sculpté et doré, dessin à piécettes enfilées, couvert en

satin bleu turquoise, avec broderie à branchages fleuris en soie blanche Louis XVI.

62 — Tabouret oriental, orné d'incrustations d'écaille et de nacre.

63 — Tabouret oriental, orné d'incrustations d'os et d'ivoire.

64 — Jolie petite table en bois satiné, avec tiroir; dessus orné d'un trophée de musique en marqueterie; entrejambes avec tablette et galerie treillagée, pieds à contours, orné de bronzes, dans le style Louis XV, de Henry Dasson.

65 — Miroir biseauté avec cadre en bois laqué. Style Louis XIV.

66 — Table en bois sculpté, pieds à balustres. Style Louis XIII.

67 — Fauteuil capitonné couvert en brocatelle verte.

68 — Fauteuil en paille avec coussin et dossier, en toile de Gênes.

69 — Petit meuble à étagère en bois noir, rehaussé d'or.

70 — Miroir biseauté avec cadre en bronze et émaïl cloisonné, de la maison Prosper Roussel.

71 — Siège forme ottomane, couvert en blanc.

72 — Fauteuil couvert en étoffe de fantaisie, genre oriental.

73 — Petite table formant coffret à bijoux, en thuya et marqueterie, intérieur avec glace et capitonné de satin bleu, de la maison Giroux.

74 — Coffret ancien à dos d'âne, couvert en cuir repoussé et décoré, intérieur garni de velours avec ses ferrures. xve siècle.

75 — Coffret à bijoux couvert en papier cuir, garni de ferrures repercées, intérieur gainé de peluche mordorée, de la maison Maquet.

76 — Décoration de portes formée de deux portières en peluche mordorée et d'une cantonnière à draperie en peluche rouge, garni de franges et de passementeries assorties.

77 — Décoration de porte formée d'une belle portière ancienne d'Orient, dessin architectural en application polychrome sur fond de drap rouge, avec cantonnière et draperies en peluche rouge, semblable à la précédente.

78 — Deux portières en satin, ton rosé, brodées de fleurs et de branchages en tons multicolores, encadrées de satin gris ardoise, doublées de soie et garnies de franges.

79 — Buste d'enfant en marbre.

80 — Statuette en biscuit : le Patineur.

81 — Deux groupes d'enfants, porcelaine anglaise.

82 — Statuette en terre cuite : Espagnol ivre de Pénas (Léon).

83 — Joli petit groupe en terre cuite représentant l'apothéose de *l'Abondance* assise sur un trône, s'appuyant sur deux lions, tenant dans chaque main les symboles de la Fécondité. Sur le socle on lit : A LA MERE DE TOUT. Œuvre intéressante attribuée au XVIIIe siècle.

84 à 90 — Dix pièces : terres antiques, lampes, coupes, etc.

91 — Gourde de Chine, bleu turquoise truité.

92 — Deux bouteilles de Chine bleu turquoise truité.

93 — Deux statuettes en terre cuite peinte. Types italiens.

94 — Écuelle avec couvercle et plateau en faïence de Milan.

95 — Aiguière en même faïence.

96 — Tasse et soucoupe vieux Chine, décor à fleurs, hordures fond noir.

97 — Tasse et soucoupe de Rorstrand, décor bleu lapis-lazuli.

98 — Boîte à thé en vieux Chine, famille rose.

99 — Vase avec couvercle, en vieux Chine, famille rose.

100 — Petite boîte de Rorstrand, à fleurs.

101 — Deux théières en vieux Japon, décor à figures et paysages.

102 — Grand buffet-dressoir en noyer sculpté, s'ouvrant dans le bas à quatre battants, avec colonnes détachées; dessus à trois étages, surmonté d'un fronton. Style Renaissance.

103 — Grande table ovale à allonges, en noyer sculpté avec piétement à colonnes et croisillons. Style Renaissance.

104 — Douze chaises en noyer, couvertes en velours ciselé fond vert péridot. Style Renaissance.

105 — Deux décorations de croisée en étoffe rouge, ornée d'application et garni de franges, avec embrasses. Style XVIe siècle.

106 — Armoire à deux battants en bois gravé, à fleurs et paysage. Époque Louis XIII.

107 — Chaise carrée, couverte en tapisserie et velours vert frappé. Style Henri II.

108 — Suspension en cuivre à neuf bougies et une lampe.

109 — Meuble à deux corps, en noyer sculpté avec panneaux à ornements et écussons, montants à colonnes détachées. Style XVIe siècle.

110 — Statuette en bronze : Vénus de Milo; édition de Barbedienne, sur gaine carrée en bois.

111 — Porte-manteau et parapluie en chêne sculpté.

112 — Table-liseuse en bois de luxe, garnie de cuivre.

113 — Écran formant étagère, en bambou et laque.

114 — Deux étagères garnies d'étoffe bleue et de franges.

115 — Lit de milieu, monté sur estrade, avec panneau fond de lit, baldaquin carré, rideaux, draperies et garniture formant cantonnière tout en sergé bleu pâle, orné d'applications de satin et de soie vieil or, dessin Renaissance garni de franges et de passementeries assorties, avec draperie intérieure en blonde de soie garnie d'imitation de dentelle blanche, accompagné du sommier, du matelas et d'un traversin.

116 — Décoration de croisée formée d'un rideau relevé à l'italienne et d'une cantonnière analogue à la tenture du lit.

117 — Deux portières en ancien brocart d'argent fond rose, grand dessin à fleurs et ramages, montées d'un côté et en bas sur bourre de soie et laine havane clair, avec application de broderies à fleurs.

118 — Portière ancienne d'Orient, toute brodée, en haut-relief, sur fond de drap rouge, encadrée de drap bleu et garnie de franges.

119 — Tablette de cheminée en velours rouge garni de guipure.

120 — Jolie petite chaise longue Louis XV, en noyer sculpté, foncée de canne doré, avec coussins en brocart à fleurs.

121 — Grand fauteuil en soie maïs, brochée à fleurs et capitonnée, garnie de passementeries et de franges.

122 — Grand fauteuil recouvert en soie rose brochée et capitonnée.

123 — Petit bureau bonheur-du-jour, en acajou garni de bronzes Louis XVI.

124 — Chaise en bois noir laqué ; dessus en broderie à fleurs.

125 — Portière en ancien brocart bleu turquoise, à fleurs, encadrée de satin rouge, garnie de franges, doublée de soie.

126 — Table rectangulaire en noyer sculpté. Style Renaissance.

127 — Deux chaises légères en noyer sculpté. Style Louis XVI.

128 — Chaise-chauffeuse garnie et capitonnée en blanc.

129 — Bureau en bois de rose et palissandre, garni de bronzes Louis XV.

130 — Grande armoire en bois laqué blanc, à filets bleus.

131 — Petite étagère couverte en peluche bleue.

132 — Tablette de cheminée en velours rouge, avec bandeau en soie de différents tons, brodé et broché.

133 — Armoire en bambou à deux vantaux garnis de glaces.

134 — Toilette en bambou avec glace psyché.

135 — Commode en noyer avec poignées et entrées de serrure en bronze.

136 — Deux vases avec couvercle en vieux Delft, décor sujets champêtres en bleu.

137 — Vase forme boule en vieux Chine, décor paysage en bleu.

138 — Statuette équestre en bronze : Henri IV à cheval, sur socle en marbre blanc.

139 — Petite boîte en émail cloisonné du Japon, fond gros bleu.

140 à 145 — Dix pièces d'étagère : verrerie et porcelaine.

146 — Vase cylindre en bambou sculpté.

147 — Singe avec long bras, portant une lanterne chinoise.

148 — Étagère d'applique en bois sculpté, à fond de glace orné de peintures.

149 — Service à bière en verre jaune, dans un panier à étagère.

150 — Siège bain de mer en paille, garni de toile.

151 — Armoire à deux portes en bois sculpté, parties garnies de glaces biseautées. Époque Louis XV.

152 — Paire de chenets en fer forgé, avec traverse, pelles et pincettes.

153 — Bibliothèque à trois corps en noyer ciré, à colonnettes détachées.

154 — Étagère-casier en noyer ciré, à colonnettes.

155 — Deux portières en peluche rouge.

156 — Fauteuil en chêne sculpté. Style Louis XIII.

157 — Divan, avec trois coussins recouverts en étoffe veloutée ; dessin paysage sur fond mordoré.

158 — Fauteuil carré en noyer sculpté Louis XIII, recouvert en cuir rouge.

159 — Fauteuil Buckingham, recouvert en cuir rouge.

160 — Deux bandeaux en broderie d'argent et dessin à fleurs et ornements sur fond crème. Époque Louis XIV.

161 — Draperie composée de quatre morceaux en ancienne broderie orientale sur fond saumon.

162 — Tapis en peluche mordorée, entouré d'étoffe genre oriental et bordé de frange.

163 — Table de toilette recouverte de linge avec garniture en guipures à doubles volants.

164 — Dessus de cheminée en même guipure.

165 — Table-toilette recouverte en même guipure à doubles volants, dessus avec miroir triptyque et quatre bras à douze lumières.

166 — Grande toilette en bois laqué blanc à filets bleus, dessus avec tablette en marbre.

167 — Glace rectangulaire avec cadre en bois laqué blanc et filets bleus.

168 — Écran à tablette bois laqué blanc.

169 — Petite table en bois laqué blanc et filets bleus, avec tiroir.

170 — Petite étagère d'applique bois laqué blanc à filets bleus, fond de glace biseauté.

171 — Petit meuble formant armoire et chiffonnier en bois laqué blanc et filets bleus, orné de garnitures à fleurs.

172 — Deux chaises style Louis XVI en bois laqué blanc à filets bleus.

173 — Décoration de croisée en étoffe de fantaisie

fond bleu, dessin grisailles et vieil or à fleurs, composée de grands rideaux avec draperie et bonne grâce, embrasses et garnitures assorties.

174 — Paire de vases en bronze du Japon, décor en haut-relief.

175 à 177 — Trois grandes plantes, palmiers et autres avec bacs.

178 — Groupe de deux enfants en porcelaine de Saxe.

179 — Belle et grande statuette ivoire.

180 — Très joli vase en cloisonné du Japon fond noir.

181 — Mme Récamier, grand buste en marbre.

182 — Table à ouvrage en vernis Martin.

183 — Éventail en vernis Martin. Époque Louis XIV.

184 — Lion marchant, bas-relief en bronze de Barye.

185 — Deux petits vases porcelaine de Saxe, montés en bronze doré, style Louis XVI.

186 — Portrait de Henri II, émail encadré.

187 — Plat en ancienne faïence de Delft.

188 — Deux vases à couvercle en faïence de Delft.

189 — Coupe à piédouche, en ancienne faïence des Abruzzes.

190 — Deux grands plats en ancien cloisonné du Japon.

191 — Deux tasses en porcelaine de Sèvres, pâte tendre.

192 — Miniature de jeune femme dans son cadre en bois doré.

193 — Pomme de canne forme béquille, porcelaine de Saxe.

194 — Deux glaces dans leur cadre en bois sculpté et doré.

195 — Deux petits plateaux, garniture argent.

196 — Deux plats en porcelaine du Japon, décor de personnages.

197 — Deux supports sculptés en bois noir.

198 — Deux plats italiens à reflets métalliques.

198 *bis* — Encrier en émail.

199 — Miniature ronde sur ivoire : Portrait de femme, en costume Louis XVI, robe brune décolletée, cheveux poudrés.

200 — Miniature ronde sur ivoire : Jeune Femme assise, fond paysage, d'après Coypel.

201 — Miniature ronde sur ivoire : Jeune Femme en robe blanche décolletée, se promenant dans un parc, un livre à la main. Époque premier Empire.

202 — Miniature ronde sur ivoire : Jeune Femme, coiffée d'un chapeau, costume de la Révolution.

203 — Jolie statue en marbre : *la Mignon au luth*, de *Faure de Broussé*.

204 — Statuette en marbre : *le Nid*, de *Levasseur*, Œuvre originale. Salon de 1889.

205 — Paire de grands et beaux candélabres formés de groupes de faunes, bacchantes et enfants, bronzes à patine verte avec bouquets à cinq lumières en bronze doré ; sur socles en marbre vert antique à moulures en bronze doré. Style Louis XVI.

206 — Jolie pendule en bronze doré : Groupe de nymphe et enfant, inspirée de Falconet. Style Louis XVI.

207 — Paire de bouts de table à groupes d'enfants en bronze, style Louis XVI, sur fûts de colonnes dorées.

208 — Statuette en bronze, patine foncée : *la Vénus à l'écrevisse;* sur socle en marbre blanc.

209 — Paire de candélabres formés de figures de femmes en bronze, d'après Clodion, portant des bouquets à trois lumières ; sur socles en marbre blanc.

210 — Deux statuettes : Enfants, bronzes d'après Pigalle ; sur socles dorés.

211 — Paire de bras d'appliques en bronze doré, à deux lumières, modèle têtes de béliers. Style Louis XVI.

212 — Deux jardinières forme carrée, bronze doré. Style Louis XVI.

213 — Pendule formée par un groupe : Sujet pastoral en porcelaine ; monture en bronze. Style rocaille.

214 — Deux vases en cristal bleu, montés en bronze doré. Style Louis XVI.

215 — Statuette de *Marc Aurèle* en bronze, sur socle.

216 — Statue de Bouddha en grès ancien de Satzuma, avec costume enrichi de nacre et de laque. Représenté assis sur un rocher. Élevé sur un haut support en bois de fer sculpté de Chine.

Pièce rare et intéressante.

217 — Jolie écritoire en ancienne laque de Chine, fond noir, décor paysages chinois à rehauts d'or. Monture en bronze à rocailles avec branchages et fleurs de Saxe. Style Louis XV.

218 — Deux tabourets ovales en bois sculpté, laqué et doré, couverts de soierie brochée. Louis XVI.

219 — Deux tabourets carrés de même genre.

220 — Petit canapé en bois sculpté et doré, forme Louis XV, recouvert de soierie ancienne rayée et brochée, fond gris argent.

221 — Paire de grands et beaux chenets en bronze doré, Louis XVI, brûle-parfums enguirlandés de lauriers sur balustrades avec fûts de colonne cannelée, décorées d'arabesques.

222 — Joli petit canapé forme corbeille Louis XVI, en bois sculpté et doré, dessin à rubans et chaîne de perles, couverts en soierie ancienne fond rose rayée et brochée à fleurs.

223 — Deux bas-reliefs ovales, sculpture sur marbre, sujets mythologiques, déesses et amours. Style Louis XVI, école française.

224 — Coffret à bijoux.

225 — Coffret incrusté d'ivoire.

226 — Éventail en plumes.

227 — Dix-huit couteaux lames argent.

228-230 — Six pièces : pierre de lard et terres cuites.

231 — Trois bonbonniers émaillés.

232 — Encrier argent.

233 — Coffret et plaque faïence.

234 — Poêlon porcelaine de l'Inde.

235 — Miniature : Femme et deux amours.

236 — Petit vase et sucrier avec couvercle de Sèvres.

237-240 — Huit statuettes et groupes porcelaine et faïence.

241 — Cadre bois sculpté et porte-mouchettes.

242 — Deux rideaux.

243 — Couvre-lit.

244-245 — Quatre dessus d'édredons en guipure ancienne et bandes.

246 — Deux sacs en soie brochée fond rose et bleu.

247 — Grande coupe de soie rose brochée.

248 — Grande coupe de soie vert brochée.

249 — Dessus de lit en étoffe chinoise, décor oiseaux et personnages.

250 — Coupe de soierie brodée de Chine fond jaune.

251 — Vide-poche en tapisserie.

252 — Vide-poche en soie brodée.

253 — Petit tapis en soie brochée, fond grenat.

254 — Dessus de coussin en satin brodé blanc.

255 — Coupe en soie brochée.

256 — Gilet en soie brochée.

257-258 — Deux tapis de table en soie brochée, fond bleu.

259 à 275 — Quarante-sept pièces en faïences diverses de Marseille, Delft et autres. (Sera divisé.)

276 — Deux tabourets. Style ancien.

277 — Glace, cadre en bois sculpté.

278 — Quatre cariatides, sculptures sur pierre.

279 — Statuette en biscuit, sous cage en verre.

280 — Joli groupe en marbre : les Trois Grâces, d'après Canova.

281 — Joli meuble de salon, style Renaissance, composé d'un canapé, quatre fauteuils, quatre chaises et deux coins de feu, en bois sculpté et doré, couvert en soierie lamée or, fond bleu.

281 *bis* — Deux décorations de fenêtres en soierie lamée et satin soie fond bleu, avec galeries en bois sculpté et doré.

282 — Ameublement de chambre à coucher, style Renaissance, en noyer ciré et sculpté, composé d'un lit de milieu, une armoire à glace biseautée, une table de nuit et sa literie.

TABLEAUX

BEAUBRUN

283 — *Portrait de dame en costume Louis XIV.*

BELLANGÉ

284 — *Grand portrait de dame en riche costume Louis XIV, ayant le bras appuyé sur un coussin.*

COYPEL

285 — *Vénus et Bacchus, avec groupe d'amours.*

LECOURIEUX

(MADELEINE)

286 — *Panier de fleurs.*

Belle aquarelle

MICHAU

(Attribué à)

287 — *Paysage accidenté, avec ruines, animé de figures.*

VAN LOO

(CARLE)

288 — *Dame tenant un livre à la main.*

VERNET

(École de JOSEPH)

289 — *Environs de Gênes.*

ECOLE FRANÇAISE

290 — *Jeune Femme en costume Louis XVI.*

ECOLE FRANÇAISE

291 — *Nymphe couronnée de roses.*

ECOLE HOLLANDAISE

292 — *Combat naval.*

ECOLE ITALIENNE

293 — *Le Mariage mystique de sainte Catherine.*

ECOLE ITALIENNE

294 — *La Sainte Famille.*

www.ingramcontent.com/pod-product-compliance
Ingram Content Group UK Ltd.
Pitfield, Milton Keynes, MK11 3LW, UK
UKHW022153170726
13837UKWH00004B/1967